Thomas Nelson Page

Marse Chan

A Tale of Old Virginia

Thomas Nelson Page

Marse Chan
A Tale of Old Virginia

ISBN/EAN: 9783337023201

Printed in Europe, USA, Canada, Australia, Japan

Cover: Foto ©Andreas Hilbeck / pixelio.de

More available books at **www.hansebooks.com**

" I see Marse Chan read dat letter over an' over."

＊ ＊ ＊ ＊ MARSE CHAN

A TALE OF OLD VIRGINIA ＊

BY THOMAS NELSON PAGE

ILLUSTRATED BY W. T. SMEDLEY

CHARLES SCRIBNER'S SONS

NEW YORK, 1892 ｝ ｝ ｝

LIST OF ILLUSTRATIONS

" *I see Marse Chan read dat letter over an' over.*"

Frontispiece.

" *He know I don' mean nothin' by what I sez.*"

Page 1.

"' *Now, Sam, from dis time you belong to yo' young Marse Channin'.'*"

Page 7.

"' *I mek you a present to yo' fam'ly, seh!*'"

Page 27.

" *De moon come' out, an' I cotch sight on her stan'in dyah in her white dress.*"

Page 35.

" *Miss Anne she hed done tu'n away her haid.*"

Page 43.

" *Judy, have Marse Chan's dawg got home?*"

Page 53.

ONE afternoon, in the autumn of 1872, I was riding leisurely down the sandy road that winds along the top of the water-shed between two of the smaller rivers of eastern Virginia. The road I was travelling, following "the ridge" for miles, had just struck me as most significant of the character of the race which had dwelt upon it and whose only avenue of communication with the outside world it had formerly been. Their once splendid mansions, now fast falling to decay, appeared to view from time to time, set back far from the road, in proud seclusion, among groves of oak and hickory, now scarlet and gold with the early frost. Distance was nothing to this people; time was of no consequence to them. They desired but a level

path in life, and that they had, though the way was
longer, and the outer world strode by them as they
dreamed.

I was aroused from my reflections by hearing
some one ahead of me calling, "Heah! — heah —
whoo-oop, heah!"

Turning the curve in the road, I saw just before
me a negro standing, with a hoe and a watering-pot
in his hand.   He had evidently just gotten over the
"worm-fence" into the road, out of the path which
led zigzag across the "old field" and was lost to
sight in the dense growth of sassafras.   When I
rode up, he was looking anxiously back down this
path for his dog.   So engrossed was he that he did
not even hear my horse, and I reined in to wait until
he should turn around and satisfy my curiosity as to
the handsome old place half a mile off from the road.

The numerous out-buildings and the large barns
and stables told that it had once been the seat of
wealth, and the wild waste of sassafras that covered
the broad fields gave it an air of desolation which
greatly excited my interest.

Entirely oblivious of my proximity, the negro
went on calling "Whoo-oop, heah!" until along
the path, walking very slowly and with great dignity,

appeared a noble-looking old orange and white setter, gray with age, and corpulent with excessive feeding. As soon as he came in sight, his master began :

"Yes, dat you! You gittin' deaf as well as bline, I s'pose! Kyarnt heah me callin', I reckon? Whyn't yo' come on, dawg?"

The setter sauntered slowly up to the fence and stopped, without even deigning a look at the speaker, who immediately proceeded to take the rails down, talking meanwhile :

"Now, I got to pull down de gap, I s'pose! Yo' so sp'ilt yo' kyahn hardly walk. Jes' ez able to git over it as I is! Jes' like white folks—think 'cuz you's white and I's black, I got to wait on yo' all de time. Ne'm mine, I ain' gwine do it!"

The fence having been pulled down sufficiently low to suit his dogship, he marched sedately through, and, with a hardly perceptible lateral movement of his tail, walked on down the road. Putting up the rails carefully, the negro turned and saw me.

"Sarvent, marster," he said, taking his hat off. Then, as if apologetically for having permitted a stranger to witness what was merely a family affair, he added : "He know I don' mean nothin' by what I sez. He's Marse Chan's dawg, an' he's so ole he

kyahn git long no pearter.   He know I'se jes' prod-
jickin' wid 'im."

"Who is Marse Chan?" I asked; "and whose
place is that over there, and the one a mile or two
back—the place with the big gate and the carved
stone pillars?"

"Marse Chan," said the darky, "he's Marse
Channin'—my young marster; an' dem places—dis
one's Weall's, an' de one back dyar wid de rock gate-
pos's is ole Cun'l Chahmb'lin's.   Dey don' nobody
live dyar now, 'cep' niggers.   Arfter de war some
one or nurr buyed our place, but his name done kind
o' slipped me.   I nuver hearn on him befo'; I think
dey's half-strainers.   I don' ax none on 'em no odds.
I lives down de road heah, a little piece, an' I jes'
steps down of a evenin' and looks arfter de graves."

"Well, where is Marse Chan?" I asked.

"Hi! don' you know?   Marse Chan, he went in
de army.   I was wid 'im.   Yo' know he warn' gwine
an' lef' Sam."

"Will you tell me all about it?" I said, dis-
mounting.

Instantly, and as if by instinct, the negro stepped
forward and took my bridle.   I demurred a little;
but with a bow that would have honored old Sir

Roger, he shortened the reins, and taking my horse from me, led him along.

"Now tell me about Marse Chan," I said.

"Lawd, marster, hit's so long ago, I'd a'most forgit all about it, ef I hedn' been wid him ever sence he wuz born. Ez 'tis, I remembers it jes' like 'twuz yistiddy. Yo' know Marse Chan an' me— we wuz boys togerr. I wuz older'n he wuz, jes' de same ez he wuz whiter'n me. I wuz born like plantin' corn time, de spring arfter big Jim an' de six steers got washed away at de upper ford right down dyar b'low de quarters ez he wuz a-bringin' de Chris'mas things home ; an' Marse Chan, he warn' born tell mos' to de harves' de year arfter my sister Nancy married Cun'l Chahmb'lin's Torm, 'bout eight years arfterwoods.

" Well, when Marse Chan wuz born, dey wuz de grettes' doin's at home you ever did see. De folks all hed holiday, jes' like in de Chris'mas. Ole marster (we didn' call 'im *ole* marster tell arfter Marse Chan wuz born—befo' dat he wuz jes' de marster, so)—well, de marster, his face fyar shine wid pleasure, an' all de folks wuz mighty glad, too, 'cause dey all loved ole marster, and aldo' dey did step aroun' right peart when de marster was lookin' at 'em, dyar

warn' nyar han' on de place but what, ef he wanted
anythin', would walk up to de back poach, an' say he
warn' to see de marster.   An' ev'ybody wuz talkin'
'bout de young marster, an' de maids an' de wimmens
'bout de kitchen wuz sayin' how 'twuz de purties'
chile dey ever see; an' at dinner-time de mens (all
on 'em hed holiday) come roun' de poach an' ax how
de missis an' de young marster wuz, an' marster
come out on de poach an' smile wus'n a 'possum, an'
sez, 'Thankee! Bofe doin' fust rate, boys;' an'
den he stepped back in de house, sort o' laughin' to
hisse'f, an' in a minute he come out ag'in wid de
baby in he arms, all wropped up in flannens an'
things, an' sez, 'Heah he, boys.'   All de folks den,
dey went up on de poach to look at 'im, drappin'
dey hats on de steps an' scrapin' dey feets ez dey
went up.   An' pres'n'y marster, lookin' down at we
all chil'en all packed togerr down dyah like a parecel
o' sheep-burrs, cotch sight o' *me* (he knowed my
name, 'cause I use' to hole he hoss fur 'im some-
times; but he didn' know all de chil'en by name,
dey wuz so many on 'em), an' he sez, 'Come up
heah.'   So up I goes tippin', skeered like, an' de
marster sez, 'Ain' you Mymie's son?' 'Yass,
seh,' sez I.   'Well,' sez he, 'I'm gwine to give you

"'Now, Sam, from dis time you belong to yo' young Marse
Channin'.'"

to yo' young Marse Channin' to be his body-servant,'
an' he put de baby right in my arms (it's de truth
I'm tellin' yo'!), an' yo' jes' ought to a-heard de
folks sayin', 'Lawd! marster, dat boy'll drap dat
chile!' 'Naw, he won't,' sez marster; 'I kin trust
'im.' And den he sez: 'Now, Sam, from dis time
you belong to yo' young Marse Channin'; I wan'
you to tek keer on 'im ez long ez he lives. You
are to be his boy from dis time. An' now,' he sez,
'carry 'im in de house.' An' he walks arfter me an'
opens de do's fur me, an' I kyars 'im in in my arms,
an' lays 'im down on de bed. An' from dat time I
was tooken in de house to be Marse Channin's body-
servant.

"Well, you nuver see a chile grow so!

"Pres'n'y he growed up right big, an' ole marster
sez he must have some edication. So he sont 'im to
school to ole Miss Lawry down dyar, dis side o'
Cun'l Chahmb'lin's, an' I use' to go 'long wid 'im
an' tote he books an' we all's snacks; an' when he
larnt to read an' spell right good, an' got 'bout so-o
big (measuring with his hand a height of some three
feet), ole Miss Lawry she died, an' ole marster said
he mus' have a man to teach 'im an' trounce 'im. So
we all went to Mr. Hall, whar kep' de school-house

beyant de creek, an' dyar we went ev'y day,—'cep
Sat'd'ys of co'se, an' sich days ez Marse Chan din'
warn' go, an' ole missis begged 'im off.

"Hit wuz down dyar Marse Chan fust took no-
ticement o' Miss Anne.

"Mr. Hall, he teach gals ez well ez boys, an' Cun'l
Chahmb'lin he sont his daughter (dat's Miss Anne
I'm talkin' about).   She wuz a leetle bit o' gal when
she fust come.   Yo' see, her ma wuz dead, an' ole
Miss Lucy Chahmb'lin, she lived wid her brurr an'
keep' house for 'im; an' he wuz so busy wid poli-
tics, he didn' have much time to spyar, so he sont
Miss Anne to Mr. Hall's by a 'ooman wid a note.

"When she come dat day in de school-house, an'
all de chil'en looked at her so hard, she tu'n right
red, an' tried to pull her long curls over her eyes,
an' den put bofe de backs of her little han's in her
two eyes, an' begin to cry to herse'f.   Marse Chan
he was settin' on de een' o' de bench nigh de do', an'
he jes' retched out an' put he arm roun' her an'
drawed her up to 'im.   An' he kep' whisperin' to
her, an' callin' her name, an' coddlin' her; an'
pres'n'y she teck her han's down an' begin to laugh.

"Well, dey 'peared to tek' a gre't fancy to each
urr from dat time.   Miss Anne she warn' nuttin' but

a baby hardly, an' Marse Chan he wuz a good big boy 'bout mos' thirteen year ole, I reckon. How-s'ever, dey sut'n'y wuz sot on each urr an' (yo' heah me!) ole marster an' Cun'l Chahmb'lin dey 'peared to like it 'bout well ez de chil'en. Yo' see, Cun'l Chahmb'lin's place j'ined ourn, an' it looked jes' ez nat'chal fur dem two chil'en to marry an' mek it one plantation, ez it did fur de creek to run down de bottom from our place into Cun'l Chahmb'lin's. I don' rightly think de chil'en thought 'bout gittin' *mar'ied*, not den, no mo'n I thought 'bout mar'yin Judy when she wuz a little gal at Cun'l Chahm'blin's, runnin' 'bout de house, huntin' fur Miss Lucy's spectacles; but dey wuz good frien's from de start. Marse Chan he use' to kyar Miss Anne's books fur her ev'y day, an' ef de road wuz muddy or she wuz tired, he use' to tote her; an' 'twarn' hardly a day passed dat he didn' kyar her some'n' to school—apples or hick'y nuts, or some'n'. He wouldn' let none o' de chil'en tease her, nurr. Heh! One day, one o' de boys poke' he finger at Miss Anne, and arfter school Marse Chan he axed 'im out 'roun' hine de school-house out o' sight, an' ef he didn' whup 'im!

"(Marse Chan, he wuz de peartes' scholar ole Mr.

Hall hed, an' Mr. Hall he wuz mighty proud on 'im. I don' think he use' to beat 'im ez much ez he did de urrs, aldo' he wuz de head in all debilment dat went on, jes' ez he wuz in sayin' he lessons.)

"Heh! one day in summer, jes' fo' de school broke up, dyah come up a storm right sudden, an' riz de creek (dat one yo' cross' back yonder), an' Marse Chan he toted Miss Anne home on he back. He ve'y off'n did dat when de parf wuz muddy. But dis day when dey come to de creek, it had done washed all de lawgs 'way. 'Twuz still mighty high, so Marse Chan he put Miss Anne down, an' he took a pole an' waded right in. Hit took 'im long up to de shoulders. Den he waded back, an' took Miss Anne up on his head an' kyared her right over. At fust she was skeered; but he tol' her he could swim an' wouldn' let her git hu't, an' den she let 'im kyar her 'cross, she hol'in' his han's. I warn' 'long dat day, but he sut'n'y did dat thing!

"Ole marster he wuz so pleased 'bout it, he giv' Marse Chan a pony; an' Marse Chan rid 'im to school de day arfter he come, so proud, an' sayin' how he wuz gwine to let Anne ride behine 'im. When he come home dat evenin' he wuz walkin'. 'Hi! where's yo' pony?' said ole marster. 'Did he

fling you?' 'I give 'im to Anne,' says Marse Chan.
'She liked 'im, an'—I kin walk.' 'Yes,' sez ole
marster, laughin', 'I s'pose you's already done giv'
her yo'se'f, an' nex' thing I know you'll be givin' her
this plantation and all my niggers.'

"Well, about a fortnight or sich a matter arfter
dat, Cun'l Chahmb'lin sont over an' invited all o' we
all over to dinner, an' Marse Chan wuz 'spressaly
named in de note whar Ned brought; an' arfter din-
ner he made ole Phil, whar wuz his ker'ige-driver,
bring roun' Marse Chan's pony wid a little side-
saddle on 'im, an' a beautiful little haws wid a bran'-
new saddle an' bridle on him; an' he gits up an'
meks Marse Chan a gre't speech, an' presents 'im de
little haws; an' den he calls Miss Anne, an' she
comes out on de poach in a little ridin' frock, an'
dey puts her on her pony, an' Marse Chan mounts
his haws, an' dey goes to ride, while de grown folks
is a-settin' on de poach an' a-laughin' an' chattin' an'
smokin' dey cigars.

"Dem wuz good ole times, marster—de bes' Sam
uver see! Dey wuz, in fac'! Niggers didn' hed
nothin' *'t all* to do—jes' hed to 'ten' to de feedin' an'
cleanin' de hawses, an' doin' what de marster tell 'em
to do; an' when dey wuz sick, dey had things sont

'em out de house, an' de same doctor come to see
'em whar 'ten' to de white folks when dey wuz po'ly,
an' all.   Dyar warn' no trouble nor nuttin'.

"Well, things tuk a change arfter dat.   Marse
Chan he went to de bo'din' school, whar he use' to
write to me constant.   Ole missis use' to read me de
letters, an' den I'd git Miss Anne to read 'em ag'in
to me when I'd see her.   He use' to write to her
too, an' she use' to write to him too !   Den Miss
Anne she wuz sont off to school too.   An' in de
summer time dey'd bofe come home, an' yo' hardly
know wherr Marse Chan lived at home or over at
Cun'l Chahmb'lin's !   He wuz over dyah constant !
'Twuz al'ays ridin' or fishin' down dyah in de river ;
or sometimes he'd go over dyah, an' 'im an' she'd go
out an' set in de yard onder de trees ; she settin' up
mekin' out she wuz knittin' some sort o' bright-
cullored some'n', wid de grarss growin' all up 'g'inst
her, an' her hat th'owed back on her neck, an' he
readin' to her out books ; an' sometimes dey'd bofe
read out de same book, fust one an' den turr.   I use'
to see 'em !   Dat wuz when dey wuz growin' up
like.

"Den ole marster he run for Congress, an' ole
Cun'l Chahmb'lin he wuz put up to run 'g'inst ole

marster by de Dimicrats; but ole marster he beat 'im. Yo' know he wuz gwine do dat! Co'se he wuz! Dat made ole Cun'l Chahmb'lin mighty mad, and dey stopt visitin' each urr reg'lar, like dey had been doin' all 'long. Den Cun'l Chahmb'lin he sort o' got in debt, an' sell some o' he niggers, an' dat's de way de fuss begun. Dat's whar de lawsuit come from. Ole marster he didn' like nobody to sell niggers, an' knowin' dat Cun'l Chahmb'lin wuz sellin' o' his, he writ an' offered to buy his M'ria an' all her chil'en, 'cause she hed mar'ied our Zeek'yel. An' don' yo' think, Cun'l Chahmb'lin axed ole marster mo' 'n th'ee niggers wuz wuth fur M'ria! Befo' old marster buy her, dough, de sheriff come an' levelled on M'ria an' a whole parecel o' urr niggers. Ole marster he went to de sale, an' bid for 'em; but Cun'l Chahmb'lin he got some one to bid 'g'inst ole marster. Dey wuz knocked out to ole marster dough, an' den dey hed a big lawsuit, an' ole marster was agwine to co't, off an' on, fur some years, till at lars' de co't decided dat M'ria belongst to ole marster. Ole Cun'l Chahmb'lin den wuz so mad he sued ole marster for a little slipe o' lan' down dyah on de line fence, whar he said belongst to him. Evy'body knowed hit belongst to ole

marster. Ef yo' go down dyah now, I kin show it to
yo', inside de line fence, whar it hed done been uver
sence long befo' Cun'l Chahmb'lin wuz born. But
Cun'l Chahmb'lin was a mons'us perseverin' man,
an' ole marster he wouldn' let nobody run over 'im.
No, dat he wouldn' ! So dey wuz agwine down to
co't about dat, fur I don' know how long, till ole
marster beat 'im agin.

" All dis time, yo' know, Marse Chan wuz agoin'
back'ads and for'ads to college, an' wuz growed up a
ve'y fine young man. He wuz a ve'y likely gent'-
man ! Miss Anne she hed done mos' growed up too
—wuz puttin' her hyar up like ole missis use' to put
hern up, an' 'twuz jes' ez bright ez de sorrel's mane
when de sun cotch on it, an' her eyes wuz gre't big
dark eyes, like her pa's, on'y bigger an' not so fierce,
an' 'twarn' none o' de young ladies ez purty ez she
wuz. She an' Marse Chan still set a heap o' sto' by
one 'nurr, but I don't think dey wuz easy wid each
urr ez when he used to tote her home from school
on he back. Marse Chan he use' to love de ve'y
groun' she walked on, dough, is my 'pinion. Heh !
His face 'twould light up whenever she come into
chu'ch, or anywhere, jes' like de sun hed come th'oo
a chink on it sudden'y.

" Den ole marster los' he eyes. D' yo' ever heah 'bout dat? Heish! Didn' yo'?

"Well, one night de big barn cotch fire. De stables, yo' know, wuz onder de big barn, an' all de hawses wuz in dyah. Hit 'peared to me like 'twarn' no time befo' all de folks an' de neighbors dey come, an' dey wuz a-totin' water, an' a-tryin' to save de po' critters, an' dey got a heap on 'em out ; but de ker'ige-hawses dey would n' come out, an' dey wuz a-runnin' back'ads an' for'ads inside de stalls, a-nik-erin' an' a-screamin', like dey knowed dey time hed come. Yo' could heah 'em in dyah so pitiful, an' pres'n'y ole marster said to Ham Fisher (he wuz de ker'ige-driver), 'Go in dyah, Ham, an' try to save 'em; don' let 'em bu'n to death.'

" An' Ham he went right in.

" An' jes' arfter he got in, de shed whar it hed fus' cotch fell in, an' de sparks shot 'way up in de air; an' Ham didn' come back ; an' de fire begin to lick out onder de eaves over whar de ker'ige-hawses' stalls wuz. An' all of a sudden ole marster tu'ned an' kissed ole missis, who wuz standin' dyah nigh him, wid her face jes' ez white ez a sperit's, an', befo' anybody knowed what he wuz gwine do, jumped right in de do', an' de smoke come po'in' out behine

'im. Well, seh! I nuver 'spects to heah tell Jedg-
ment sich a soun' ez de folks set up! Ole missis—
she jes' drapt down on her knees in de mud an'
prayed out loud.

"Hit 'peared like her pra'r wuz heard; for in a
minit, right out de same do', kyain' Ham Fisher in
his arms, come ole marster, wid his clo's all blazin'.
Dey fling water on 'im, an' put 'im out; an', ef you
b'lieve me, yo' wouldn' a-knowed 'twuz ole marster.

"Yo' see, he hed done find Ham Fisher done fall
down in de smoke right by the ker'ige-haws' stalls,
whar he sont him, an' he hed to tote 'im back in his
arms th'oo de fire what hed done cotch de front part
o' de stable, an' to keep de flame from gittin' down
Ham Fisher' th'ote he hed teck off his own hat and
mashed it all over Ham Fisher' face, an' he hed kep'
Ham Fisher from bein' so much bu'nt; but *he* wuz
bu'nt dreadful! He beard an' hyar wuz all nyawed
off, an' he face an' han's an' neck wuz scorified tur-
rible. Well, he jes' laid Ham Fisher down, an' then
he kind o' staggered for'ad, an' ole missis ketch' 'im
in her arms.

"Ham Fisher, he warn' bu'nt so bad, an' he got
out in a month or two; an' arfter a long time, ole
marster he got well, too; but he wuz always stone

blind arfter that. He nuver could see none from dat night.

"Marse Chan he comed home from college to-reckly, an' he sut'n'y did nuss ole marster faithful—jes' like a 'ooman.

"Den he teck charge of de plantation arfter dat; an' I use' to wait on 'im jes' like when we wuz boys togerr; an' sometimes we'd slip off an' have a fox-hunt, an' he'd be jes' like he wuz in ole times, befo' ole marster got bline, an' Miss Anne Chahmb'lin stopt comin' over to our house, an' settin' onder de trees, readin' out de same book.

"He sut'n'y wuz good to me. Nuttin nuver made no diffunce 'bout dat! He nuver hit me a lick in his life—an' nuver let nobody else do it, nurr.

"I 'members one day, when he wuz a leetle bit o' boy, ole marster hed done tole we all chil'en not to slide on de straw-stacks; an' one day me an' Marse Chan thought ole marster hed done gone 'way from home. We watched him git on he haws an' ride up de road out o' sight, an' we wuz out in de field a-slidin' an' a-slidin', when up comes ole marster. We start to run; but he hed done see us, an' he called us to come back; an' sich a whuppin' ez he did gi' us!

"Fust he teck Marse Chan, an' den he teched me up. He nuver hu't me, but in co'se I wuz a-hollerin' ez hard ez I could stave it, 'cause I knowed dat wuz gwine mek him stop. Marse Chan he hed'n open he mouf long ez ole marster was tunin' 'im; but soon ez he commence warmin' me an' I begin to holler, Marse Chan he bu'st out cryin', an' stept right in befo' ole marster, an' ketchin' de whup, said:

"'Stop, seh! Yo' sha'n't whup 'im; he b'longs to me, an' ef you hit 'im another lick I'll set 'im free!'

"I wish yo' hed see ole marster! Marse Chan he warn' mo'n eight years ole, an' dyah dey wuz—ole marster stan'in' wid he whup raised up, an' Marse Chan red an' cryin', hol'in' on to it, an' sayin' I b'longst to 'im.

"Ole marster, he raise' de whup, an' den he drapt it, an' breke out in a smile over he face, an' he chuck' Marse Chan onder de chin, an' tu'n right roun' an' went away, laughin' to hisse'f, an' I heah 'im tellin' ole missis 'bout it dat evenin', an' laughin' 'bout it.

"'Twan' so mighty long arfter dat when dey fust got to talkin' 'bout de war. Dey wuz a-dictatin' back'ads an' for'ds 'bout it fur two or th'ee years, 'fo' it come sho' nuff, you know. Ole marster, he wuz a Whig, an' of co'se Marse Chan he teck after he pa. Cun'l Chahmb'lin, he wuz a Dimicrat. He wuz in favor of de war, an' ole marster and Marse Chan dey wuz agin' it. Dey wuz a-talkin' 'bout it all de time, an' purty soon Cun'l Chahmb'lin he went about ev'vywhar speakin' an' noratin' 'bout Ferginia ought to secede; an' Marse Chan he wuz picked up to talk agin' 'im. Dat wuz de way dey come to fight de duil. I sut'n'y wuz skeered fur Marse Chan dat mawnin', an' he was jes' ez cool!

"Yo' see, it happen so: Marse Chan he wuz a-speakin' down at de Deep Creek Tavern, an' he kind o' got de bes' of ole Cun'l Chahmb'lin. All de white folks laughed an' hoorawed, an' ole Cun'l Chahmb'lin—my Lawd! I t'ought he'd 'a' bu'st, he was so mad. Well, when it come to his tu'n to speak, he jes' light into Marse Chan. He call 'im a traitor, an' a ab'litionis', an' I don' know what all. Marse Chan, he jes' kep' cool till de ole Cun'l light into he pa. Ez soon ez he name ole marster, I seen Marse Chan sort o' lif' up he head. D' yo' ever see a haws rar he head up right sudden at night when he see somethin' comin' to'ds 'im from de side an' he

don' know what 'tis? Ole Cun'l Chahmb'lin he
went right on. He say ole marster hed teach Marse
Chan; dat ole marster wuz a wuss ab'litionis' dan
he son. I looked at Marse Chan, an' sez to myse'f:
'Fo' Gord! old Cun'l Chahmb'lin better min'!' an'
I hedn' got de wuds out, when ole Cun'l Chahmb'lin
scuse' ole marster o' cheatin' 'im out o' he niggers,
an' stealin' piece o' he lan'—dat's de lan' I tole you
'bout. Well, seh, nex' thing I knowed, I heahed
Marse Chan—hit all happen right 'long togerr, jis'
like lightnin' and thunder when they hit right at
you!—I heah 'im say:

"'Cun'l Chahmb'lin, what you says is false, an'
yo' knows it to be so. You have wilfully slandered
one of de pures' an' nobles' men Gord ever made,
an' nuttin' but yo' gray hyars protects you.'

"Well, ole Cun'l Chahmb'lin, he ra'ed an' he
pitch'd! He say he wan' too ole, an' he'd show 'im
so.

"'Ve'y well,' says Marse Chan.

"De meetin' breke up den. I wuz hol'in' de
hawses out dyar in de road by de een' o' de poach,
an' I see Marse Chan talkin' an' talkin' to Mr. Gor-
don an' anurr gent'man, an' den he come out an' got
on de sorrel an' galloped off. Soon ez he got out o'

sight he pulled up, an' we walked along tell we come to de road whar leads off to'ds Mr. Barbour's. He wuz de big lawyer o' de country. Dyar he tu'ned off. All dis time he hedn' said a wud, 'cep' to kind o' mumble to hisse'f now an' den. When we got to Mr. Barbour's, he got down an' went in. (Dat wuz in de late winter; de folks wuz jes' beginnin' to plough fur corn.) He stayed dyar 'bout two hours, an' when he come out Mr. Barbour come out to de gate wid 'im an' shake han's arfter he got up in de saddle. Den we all rode off.

"'Twuz late den—good dark; an' we rid ez hard ez we could, tell we come to de ole school-house at ole Cun'l Chahmb'lin's gate. When we got deah, Marse Chan got down an' walked right slow 'roun' de house. Arfter lookin' roun' a little while an' tryin' de do' to see ef 't wuz shet, he walked down de road tell he got to de creek. He stop' dyar a little while an' picked up two or three little rocks an' frowed 'em in, an' pres'n'y he got up an' we come on home. Ez he got down, he tu'ned to me, an', rubbin' de sorrel's nose, he said: 'Have 'em well fed, Sam; I'll want 'em early in de mawnin'.'

" Dat night at supper he laugh an' talk, an' he set at de table a long time. Arfter ole marster went to bed, he went in de charmber an' set on de bed by 'im talkin' to 'im an' tellin' 'im 'bout de meetin' an' e'vy-thing; but he ain' nuver mention ole Cun'l Chahm-b'lin's name. When he got up to come out to de office in de yard, whar he slept, he stooped down an' kissed 'im jes' like he wuz a baby layin' dyah in de bed, an' he'd hardly let ole missis go at all.

"I knowed some'n wuz up, an' nex mawnin' I called 'im early befo' light, like he tole me, an' he dressed an' come out pres'n'y jes' like he wuz gwine to church. I had de hawses ready, an' we went out de back way to'ds de river.

"Ez we rid along, he said:

"'Sam, you an' I wuz boys togerr, wa'n't we?'

"'Yes,' sez I, 'Marse Chan, dat we wuz.'

"'You have been ve'y faithful 'to me,' sez he, 'an' I have seen to it that you are well provided fur. You want to marry Judy, I know, an' you'll be able to buy her ef yo' want to.'

"Den he tole me he wuz gwoine to fight a duil, an' in case he should git shot, he had set me free an' giv' me nuff to tek keer o' me an' my wife when I git her ez long ez we lived. He said he'd like me to stay an' tek keer o' ole marster an' ole missis ez long ez dey lived, an' he said it wouldn' be ve'y long, he reckoned. Dat wuz de on'y time he voice broke—when he said dat ; an' I couldn' speak a wud, my th'oat choked me so.

" When we come to de river, we tu'ned right up de bank, an' arfter ridin' 'bout a mile or sich a motter, we stopped whar dey wuz a little clearin' wid elder bushes on one side an' two big gum-trees on de urr, an' de sky wuz all red, an' de water down tow'ds whar the sun wuz comin' wuz jes' like de sky.

" Pres'n'y Mr. Gordon he come, wid a 'hogany box, 'bout so big, 'fore 'im, an' he got down, an' Marse Chan tole me to tek all de hawses an' go 'roun' behine de bushes whar I tell you 'bout—off to one side ; an' 'fore I got 'roun' dyah, ole Cun'l Chahmb'lin an' Mr. Hennin an' Dr. Call come ridin' from t'urr way, to'ds ole Cun'l Chahmb'lin's. When dey hed tied dey hosses, de urr gent'mens went up to whar Mr. Gordon wuz, an' arfter some chattin' Mr. Hennin step' off 'bout fur ez' cross dis road, or mebbe it mout be a little fur'er ; an' den I see 'em th'oo de bushes loadin' de pistils, an' talk a little while ; an' den Marse Chan an' ole Cun'l Chahmb'lin walked up an' dey gin' 'em de pistils in dey han's, an' Marse Chan he stand wid his face right tow'ds de sun. I seen it shine on him jes' ez it come up over

de low groun's, an' he look' like he do sometimes
when he come out of church.

"I wuz so skeered I couldn' say nuttin'. Ole
Cun'l Chahmb'lin could shoot fust rate, an' Marse
Chan he nuver missed.

"Den I heahed Mr. Gordon say, 'Gent'mens, is
yo' ready?' and bofe on 'em sez, 'Ready,' jes' so.

"An' he sez, '*Fire*, one, two'—an' ez he sez
'one,' ole Cun'l Chahmb'lin raised he pistil an' shoot
right at Marse Chan. De ball went th'oo his hat :
I seen he hat sort o' settle on he head ez de bullit
hit it! an' *he* jes' tilted his pistil up in de a'r an'
shot—*bang ;* an' ez de pistil went '*bang*,' he sez to
Cun'l Chahmb'lin, 'I mek you a present to yo'
fam'ly, seh !'

"Well, dey had some talkin' arfter dat. I didn't
git rightly what 't wuz ; but it 'peared like Cun'l
Chahmb'lin he warn't satisfied, an' wanted to have
anurr shot. De seconds dey wuz talkin', an' pres'n'y
dey put de pistils up, an' Marse Chan an' Mr. Gor-
don shook han's wid Mr. Hennin an' Dr. Call, an'
come an' got on dey hawses. An' Cun'l Chahmb'lin
he got on his hawse an' rode away wid de urr gent'-
mens, lookin' like he did de day befo' when all de
people laughed at 'im.

"'I mek you a present to yo' fam'ly, seh!'"

"I b'lieve ole Cun'l Chahmb'lin wan' to shoot Marse Chan, anyways!

" We come on home to breakfast, I totin' de box wid de pistils befo' me on de roan. Would you b'lieve me, seh, Marse Chan he ain' nuver said a wud 'bout it to ole marster or nobody! Ole missis didn' fin' out 'bout it for mo'n a month, an' den, Lawd! how she did cry and kiss Marse Chan; an' ole marster, aldo' he nuver say much, he wuz jes' ez please' ez ole missis: he call' me in de room an' made me lock de do' an' tole 'im all 'bout it, an' when I got th'oo he gi' me five dollars an' a pyar of breeches.

" But ole Cun'l Chahmb'lin he nuver did furgive Marse Chan, an' Miss Anne she got mad too. Wimmens is mons'us onreasonable nohow. Dey's jes' like a catfish: you can n' tek hole on 'em like urr folks, an' when you gits 'm yo' can n' always hole 'em.

" What meks me think so? Heap o' things—dis: Marse Chan he done gi' Miss Anne her pa jes' ez good ez I gi' Marse Chan's dawg sweet 'taters, an' she git mad wid 'im ez if he hed kill 'im stid o' sen'in 'im back to her dat mawnin' whole an' soun'. B'lieve me! she wouldn' even speak to him arfter dat.

" Don' I 'member dat mawnin'!

" We wuz gwine fox-huntin', 'bout six weeks or
sich a matter arfter de duil, an' we meet Miss Anne
ridin' 'long wid anurr lady an' two gent'mens whar
wuz stayin' at her house. Dyah wuz always some
one or nurr dyah co'tin' her. Well, dat mawnin' we
meet 'em right in de road. 'Twuz de fust time
Marse Chan had see her sence de duil, an' he raises
he hat ez he pahss, an' she looks right at 'im wid her
head up in de yair like she nuver see 'im befo' in her
born days; an' when she comes by me, she sez,
'Good-mawnin', Sam!' Gord! I nuver see nut-
tin' like de look dat come on Marse Chan's face
when she pahss 'im like dat. He gi' de sorrel a
pull dat fotch 'im back settin down in de san' on he
hanches. He ve'y lips wuz white. I tried to keep
up wid 'im, but 'twarn no use. He sont me back
home pres'n'y, an' he rid on. I sez to myself, 'Cun'l
Chahmb'lin, don' yo' meet Marse Chan dis mawnin.'
He ain' bin lookin' roun' de ole school-house, whar
he an' Miss Anne use' to go to school to ole Mr.
Hall togerr, to-day. He won' stan' no prodjickin'
to-day.'

" He nuver come home dat night tell 'way late,
an' ef he'd been fox-huntin' it mus' ha' been de ole
red whar lives down in de greenscum mashes he'd

been chasin'. De way de sorrel wuz gormed up wid sweat an' mire sut'n'y did hu't me. He walked up to de stable wid he head down all de way, an' I'se seen 'im go eighty miles of a winter day, an' prance into de stable at night jes' ez fresh ez ef he hed jes' cantered over to ole Cun'l Chahmb'lin's to supper. I nuver see a haws beat so sence I knowed de fetlock from de fo'lock, an' bad ez he wuz he want ez bad ez Marse Chan.

"Whew! he didn' git over dat thing, seh—he nuver did git over it!

"De war come on jes' den, an' Marse Chan wuz elected cap'n; but he wouldn' tek it. He said Firginia hadn' seceded, an' he wuz gwine stan' by her. Den dey 'lected Mr. Gordon cap'n.

"I sut'n'y did wan' Marse Chan to tek de place, cuz I knowed he wuz gwine tek me wid 'im. He wan' gwine widout Sam. An' beside, he look so po' an' thin, I thought he wuz gwine die.

"Of co'se, ole missis she heared 'bout it, an' she meet Miss Anne in de road, an' cut her jes' like Miss Anne cut Marse Chan. Ole missis, she wuz proud ez anybody!

"So we wuz mo' strangers dan ef we hadn' live' in a hunderd miles of each urr. An' Marse Chan he

wuz gittin' thinner an' thinner, an' Firginia she come
out, an' den Marse Chan he went to Richmond an'
listed, an' come back an' sey he wuz a private, an'
he didn' know whe'r he could tek me or not.   He
writ to Mr. Gordon, hows'ever, an' 'twuz 'cided dat
when he went I wuz to go 'long an' wait on him an'
de cap'n too.   I didn' min' dat, yo' know, long ez I
could go wid Marse Chan, an' I like' Mr. Gordon,
anyways.

" Well, one night Marse Chan come back from
de offis wid a telegram dat say, ' Come at once,' so
he wuz to start next mawnin'.   He uniform wuz all
ready, gray wid yaller trimmin's, an' mine wuz ready
too, an' he had ole marster's sword, whar de State gi'
'im in de Mexikin war; an' he trunks wuz all packed
wid ev'rything in 'em, an' my chist was packed too,
an' Jim Rasher he druv 'em over to de depo' in de
waggin, an' we wuz to start nex' mawnin' 'bout light.
Dis wuz 'bout de las' o' spring, you know.

" Dat night ole missis made Marse Chan dress up
in he uniform, an' he sut'n'y did look splendid, wid
he long mustache an' he wavin' hyah an' he tall fig-
ger.

" Arfter supper he come down an' sez : ' Sam, I
wan' you to tek dis note an' kyar it over to Cun'l

Chahmb'lin's, an' gi' it to Miss Anne wid yo' own han's, an' bring me wud what she sez. Don' let any one know 'bout it, or know why you've gone.' 'Yes, seh,' sez I.

"Yo' see, I knowed Miss Anne's maid over at ole Cun'l Chahmb'lin's—dat wuz Judy,—an' I knowed I could wuk it. So I tuk de roan an' rid over, an' tied 'im down de hill in de cedars, an' I wen' 'roun' to de back yard. 'Twuz a right blowy sort o' night; de moon wuz jes' risin', but de clouds wuz so big it didn' shine 'cep th'oo a crack now an' den. I soon foun' my gal, an' arfter tellin' her two or three lies 'bout herse'f, I got her to go in an' ax Miss Anne to come to de do'. When she come, I gi' her de note, an' arfter a little while she bro't me anurr, an' I tole her good-by, an' she gi' me a dollar, an' I come home an' gi' de letter to Marse Chan. He read it, an' tole me to have de hawses ready at twenty minits to twelve at de corner of de garden. An' jes' befo' dat he come out ez he wuz gwine to bed, but instid he come, an' we all struck out to'ds Cun'l Chahmb'lin's. When we got mos' to de gate, de hawses got sort o' skeered, an' I see dey wuz some'n or somebody standin' jes' inside; an' Marse Chan he jumpt off de sorrel an' flung me de bridle and he walked up.

"She spoke fust. 'Twuz Miss Anne had done come out dyah to meet Marse Chan, an' she sez, jes ez cold ez a chill, ' Well, seh, I granted your favor. I wished to reliebe myse'f of de obligations you placed me under a few months ago, when you made me a present of my father, whom you fust insulted an' then prevented from gittin' satisfaction.'

"Marse Chan he didn' speak fur a minit, an' den he said : ' Who is wid you ? ' (Dat wuz ev'y wud.)

"'No one,' sez she ; 'I came alone.'

"'My God!' sez he, ' you didn' come all through those woods by yourse'f at this time o' night ? '

"'Yes, I'm not afraid,' sez she. (An' heah dis nigger ! I don' b'lieve she wuz.)

"De moon come' out, an' I cotch sight on her stan'in dyah in her white dress, wid de cloak she done wrapped herse'f up in drapped off on de groun', an' she didn' look like she wuz 'feared o' nuttin'. She wuz mons'us purty ez she stood dyah wid de green bushes behine her, an' she hed jes' a few flowers in her breas'—right heah—and some leaves in her sorrel hyah; an' de moon come' out an' shined down on her hyah an' her frock, an' peared like de light wuz jes' stan'in off it ez she stood dyah lookin' at Marse Chan wid her head tho'd back, jes'

" *De moon come' out, an' I cotch sight on her stan'in dyah in her white dress.*"

like dat mawnin' when she pahss Marse Chan in de road widout speakin' to 'im, an' sez to me, 'Good-mawnin', Sam.'

"Marse Chan, he den tole her he hed come to say good-by to her, ez he wuz gwine 'way to de war nex' mawnin'. I wuz watchin' on her, an' I thought, when Marse Chan tole her dat, she sort o' started an' looked up at 'im like she wuz mighty sorry, an' 'peared like she didn' stan' quite so straight arfter dat. Den Marse Chan he went on talkin' right fars' to her; an' he tole her how he had loved her ever sence she wuz a little bit o' baby mos', an' how he nuver 'membered de time when he hedn' hope' to marry her. He tole her it wuz his love for her dat hed made 'im stan' fust at school an' collige, an' hed kep' 'im good an' pure; an' now he was gwine 'way, wouldn' she let it be like 'twuz in ole times, an' ef he come back from de war wouldn' she try to think on him ez she use' to when she wuz a little guirl?

"Marse Chan he had done been talkin' so serious, he hed done tek Miss Anne' han', an' wuz lookin' down in her face like he wuz list'nin' wid he eyes.

"Arfter a minit Miss Anne she said somethin', an' Marse Chan he cotch her urr han' an' sez:

"'But if you love me, Anne?'

" When he said dat, she tu'ned her head 'way from 'im, an' wait' a minit, an' den she said—right clear :

"'But I don' love yo'. (Jes' dem th'ee wuds!) De wuds fall right slow—like dirt falls out a spade on a coffin when yo' 's buryin' anybody, an' seys, 'Uth to uth.' Marse Chan he jes' let her hand drap, an' he stiddy hisse'f 'g'inst de gate-pos' an' he didn' speak torekly. When he did speak, all he sez wuz :

" ' I mus' see yo' home safe.'

" I 'clar, marster, I didn' know 'twuz Marse Chan's voice tell I look at 'im right good. Well, she wouldn' let 'im go wid her. She jes' wrap' her cloak roun' her shoulders, an' wen' 'long back by herse'f, widout doin' more'n jes' to look up once at Marse Chan leanin' dyah 'g'inst de gate-pos' in he sowger clo's, wid he eyes on de groun'. She said 'Good-by' sort o' sorf, an' Marse Chan, widout lookin' up, shake han's wid her, an' she wuz done gone down de road. Soon ez she got 'mos' 'roun de curve, Marse Chan he followed her, keepin' onder de trees so ez not to be seen, an' I led de hawses on down de road behine 'im. He kep' 'long behine her tell she wuz safe in de house, an' den he come an' got on he haws, an' we all come home.

"Nex' mawnin' we all went off to j'ine de army. An' dey wuz a drillin' an' a-drillin' all 'bout for a while an' we went 'long wid all de res' o' de army, an' I went wid Marse Chan an' clean he boots an' look arfter de tent, an' tek keer o' him an' de hawses. An' Marse Chan, he wan't a bit like he use' to be, at leas' 'cep' when dyah wuz gwine to be a fight. Den he'd peartin' up, an' he alwuz rid at de head o' de company, 'cause he wuz tall; an' hit wan' on'y in battles whar all his company wuz dat he went, but he use' to volunteer whenever de cun'l wanted anybody to fine out anythin', an' 'twuz so dangersome he didn' like to mek one man go no sooner'n anurr, yo' know, an' ax'd who'd volunteer. He 'peared to like to go prowlin' aroun' 'mong dem Yankees, an' he use' to tek me wid 'im whenever he could. Yes, seh, he sut'n'y wuz a good sowger! He didn' mine bullets no more'n he did so many draps o' rain. But I tell you Sam use' to be pow'ful skeered sometimes. It jes' use' to 'pear like fun to him. In camp he use' to be so sorrerful he'd hardly open he mouf. You'd a' tho't he wuz seekin', he used to look so moanful; but jes' le' 'im git into danger, an' he use' to be like old times—jolly an' laughin' like when he wuz a boy.

3

"When Cap'n Gordon got he leg shoot off, dey mek Marse Chan cap'n on de spot, 'cause one o' de lieutenants got kilt de same day, an' turr one (named Mr. Ronny) wan' no 'count, an' all de company said Marse Chan wuz de man.

"An' Marse Chan he wuz jes' de same. He didn' nuver mention Miss Anne's name, but I knowed he wuz thinkin' on her constant. One night he wuz settin' by de fire in camp, an' Mr. Ronny—he wuz de secon' lieutenant—got to talkin' 'bout ladies, an' he say all sorts o' things 'bout 'em, an' I see Marse Chan kinder lookin' mad; an' de lieutenant mention Miss Anne's name. He hed been courtin' Miss Anne 'bout de time Marse Chan fit de duil wid her pa, an' Miss Anne hed kicked 'im, dough he wuz mighty rich, 'cause he warn' nuttin' but a half-strainer, an' 'cause she like Marse Chan, I believe, dough she didn' speak to 'im; an' Mr. Ronny he got drunk, an' 'cause Cun'l Chahmb'lin tole 'im not to come dyah no more, he got mighty mad. An' dat evenin' I'se tellin' yo' 'bout, he wuz talkin' by de camp-fire, an' he mention Miss Anne's name. I see Marse Chan tu'n he eye 'roun' on 'im an' keep it on he face, an' pres'n'y Mr. Ronny said he wuz gwine git even dyah yit. He didn' mention her name dat time; but he said dey wuz all on 'em a parecel of stuck-up 'risticrats, an' her pa wan' no gent'man anyway, an'——I don' know what he wuz gwine say (he nuver said it); fur ez he got dat far Marse Chan riz up an' hit 'im a crack, an' he fall like he hed been hit wid a fence-rail. He challenged Marse Chan to fight a duil, an' Marse Chan he excepted de challenge, an' dey wuz gwine fight; but some on 'em tole 'im Marse Chan wan' gwine mek a present o' 'im to his fam'ly, an' he got somebody to bre'k up de duil; twan' nuttin' dough, but he wuz 'fred to fight Marse Chan. An' purty soon he lef' de comp'ny.

"Well, I got one o' de gent'mens to write Judy a letter for me, an' I tole her all 'bout de fight, an' how Marse Chan knock' Mr. Ronny over fur speakin' discontemptuous o' Cun'l Chahmb'lin, an' I tole her how Marse Chan wuz a-dyin' fur love o' Miss Anne. An' Judy she couldn' read an' she had to git Miss Anne to read de letter fur her. Den Miss Anne she tells her pa, an'—you mind, Judy tells me all dis arfterwards, an' she say when Cun'l Chahmb'lin hear 'bout it, he wuz settin' on de poach, an' he set still a good while, an' den he sey to his-se'f:

" ' Well, he carn' he'p bein' a Whig.'

" An' den he gits up an' walks up to Miss Anne an' looks at her right hard ; an' Miss Anne she hed done tu'n away her haid an' wuz makin' out like she wuz fixin' a rose-bush 'g'inst de poach ; an' when her pa kep' lookin' at her, her face, Judy say, got jes' de color o' de roses on de bush, an' pres'n'y her pa sez :

" ' Anne !'

" An' she tu'ned roun', an' sez : ' Sir ?'

" An' he sez, ' Do yo' want 'im ?'

" An' she sez, ' Yes,' an' put her head on he shoulder an' begin to cry ; an' he sez :

" ' Well, I won't stan' between yo' no longer. Write to 'im an' say so.'

" We didn' know nuttin' 'bout dis not den.   We wuz a-fightin' an' a-fightin' all dat time: an' come one day a letter to Marse Chan, an' I see 'im start to read it in his tent onder de cedar tree, an' he face hit look so cu'iousome, an' he han's trembled so I couldn' mek out what wuz de motter wid 'im.   An' he fol' de letter up an' wen' out an' wen' way down 'hine de camp, an' stayed dyah 'bout nigh a hour. Well, seh, I wuz on de lookout for 'im when he come back, an', fo' Gord ! ef he face didn' shine

" Miss Anne she hed done tu'n away her haid."

like a angel'! I say to myse'f, 'Um'm! ef de glory o' Gord ain' done shine on 'im!' An' what yo' 'spose 'twuz?

"He tuk me wid 'im dat evenin', an' he tell me he hed done git a letter from Miss Anne, an' Marse Chan he eyes look' like gre't big stars, an' he face wuz jes' like 'twuz dat mawnin' when de sun riz up over de low groun', an' I see 'im stan'in' dyah wid de pistil in he han', lookin' at it, an' not knowin' but what it mout be de lars' time, an' he done mek up he mine not to shoot ole Cun'l Chahmb'lin fur Miss Anne's sake, whah writ 'im de letter.

"He fol' de letter wha' was in his han' up, an' put it in he inside pocket—right dyah on de lef' side; an' den he tole me he tho't mebbe we wuz gwine hev some warm wuk in de nex' two or th'ee days, an' arfter dat ef Gord speared 'im he'd git a leave o' absence fur a few days, an' we'd go home.

"Well, dat night de orders come, an' we all hed to git over to'ds Romney; an' we rid all night till 'bout light; an' we halted right on a little creek, an' we stayed dyah till mos' breakfas' time, — but we didn' had no breakfast,—an' I see Marse Chan set down on de groun' 'hine a bush an' read dat letter

over an' over.   I watch 'im, an' de battle wuz a-goin'
on, but we had orders to stay 'hine de hill, an' ev'y
now an' den de bullets would clip de limbs o' de
trees right over us, an' one o' dem big shells what
goes ' A*whar—awhar—awhar is you!*' would fall
right 'mong us; but Marse Chan he didn' mine it
no mo'n nuttin'!   Den it 'peared to git closer an'
thicker, an' Marse Chan he calls me, an' I crep' up,
an' he sez :

"'Sam, we'se goin' to win in dis battle, an' den
we'll go home an' git married; an' I'm goin' home
wid a star on my collar.'   An' den he sez, ' Ef I'm
wounded, kyah me home, yo' hear?'   An' I sez,
' Yes, Marse Chan.'

"Well, jes' den dey blowed ' boots an' saddles,'
an' we mounted; an' de orders come to ride 'roun'
de slope, an' Marse Chan's comp'ny wuz de secon',
an' when we got 'roun' dyah, we wuz right in it.
Hit wuz de wust place uver dis nigger got in !   An'
dey said, ' Charge 'em ! ' an' my king! ef uver you
see bullets fly, dey did dat day.   Hit wuz jes' like
hail; an' we wen' down de slope (I 'long wid de
res') an' up de hill right to'ds de cannons, an' de fire
wuz so strong dyah (dey hed a whole rigiment o' in-
fintrys layin' down dyah onder de guns) our lines

sort o' broke an' stop; an' de cun'l was kilt, an' I b'lieve dey wuz jes' 'bout to bre'k all to pieces, when Marse Chan rid up 'an cotch holt de fleg and hollers, 'Foller me!' an' rid strainin' up de hill 'mong de cannons. I seen 'im when he went, de sorrel four good lengths ahead o' ev'y urr hoss, jes' like he use' to be in a fox-hunt, an' de whole rigiment clamorin' right arfter 'im. Yo' ain' nuver heah thunder! Fust thing I knowed, de roan roll' head over heels an' flung me up 'g'inst de bank like yo' chuck a nubbin over 'g'inst de foot o' de corn pile. An dat's what kep' me from bein' kilt, I 'spects. Judy she say she thinks 'twuz Providence, but I thinks 'twuz de bank. In co'se, Providence put de bank dyah, but how come Providence nuver saved Marse Chan? When I look 'roun', de roan wuz layin' dyah by me, stone dead, wid a cannon-ball gone 'mos' th'oo him, an' our men hed done swep' dem on t'urr side from de top o' de hill. 'Twan mo'n a minit, de sorrel come gallupin' back wid his mane flyin', an' de rein hangin' down on one side to his knee. 'Dyah!' says I, 'fo' Gord! I 'specks dey done kill Marse Chan, an' I promised to tek care on him.'

"I jumped up an' run over de bank, an' dyah,

wid a whole lot o' dead mens, an' some not dead yit, onder one o' de guns wid de fleg still in he han', an' a bullet right th'oo he body, lay Marse Chan. I tu'n 'im over an' call 'im, ' Marse Chan !' but 'twan' no use, he wuz done gone home, sho' 'nuff.

" I pick' 'im up in my arms wid de fleg still in he han', an' toted 'im back jes' like I did dat day when he wuz a baby, an' ole marster gin' 'im to me in my arms, an' sey he could trus' me, an' tell me to tek keer on 'im long ez he lived. I kyah'd 'im 'way off de battlefiel' out de way o' de balls, an' I laid 'im down onder a big tree till I could git somebody to ketch de sorrel for me. He was cotched arfter a while, an' I hed some money, so I' got some pine plank an' made a coffin dat evenin', an' wrapt Marse Chan's body up in de fleg, an' put 'im in de coffin; but I didn' nail de top on strong, 'cause I knowed ole missis' wan' see 'im ; an' I got a' ambulance an' set out for home dat night. We reached dyah de nex' evein', arfter travellin' all dat night an' all nex' day.

" Hit 'peared like somethin' hed tole ole missis we wuz comin' so ; for when we got home she wuz waitin' for us—done drest up in her best Sunday-clo'es, an' stan'n' at de head o' de big steps, an' ole

marster settin' dyah bline in his big cheer — ez we
druv up de hill to'ds de house, I drivin' de ambulance
an' de sorrel leadin' long behine wid de stirrups crost
over de saddle.

"She come down to de gate to meet us. We
took de coffin out de ambulance an' kyah'd it right
into de big parlor wid de pictures in it, whar dey
use' to dance in ole times when Marse Chan wuz a
schoolboy, an' Miss Anne Chahmb'lin use' to come
over, an' go wid ole missis into her chamber an' tek
her things off. In dyah we laid de coffin on two o'
de cheers, an' ole missis nuver said a wud; she jes'
looked so ole an' white.

"When I had tell 'em all 'bout it, I tu'ned right
'roun' an' rid over to Cun'l Chahmb'lin's, 'cause I
knowed dat wuz what Marse Chan he'd 'a' wanted
me to do. I didn' tell nobody whar I was gwine,
'cause yo' know, none on 'em hadn' nuver speak to
Miss Anne, not sence de duil, an' dey didn' know
'bout de letter.

"When I rid up in de yard, dyah wuz Miss Anne
a-stan'in' on de poach watchin' me ez I rid up. I
tied my hoss to de fence, an' walked up de parf.
She knowed by de way I walked dyah wuz som'thin'
de motter, an' she wuz mighty pale. I drapt my

cap down on de een' o' de steps an' went up. She nuver opened her mouf; jes' stan' right still an' keep her eyes on my face. Fust, I couldn' speak ; den I cotch my voice, an' I say, 'Marse Chan, he done got he furlough.'

"Her face was mighty ashy, an' she sort o' shook, but she didn' fall. She tu'ned roun' an' said, 'Git me de ker'ige!' Dat wuz all.

"When de ker'ige come roun' she hed put on her bonnet, an' wuz ready. Ez she got in, she sey to me, 'Hev yo' brought him home?' an' we drove 'long, I ridin' behine.

"When we got home, she got out, an' walked up de big walk—up to de poach by herse'f.

"Ole missis hed done fin' de letter in Marse Chan's pocket, wid de love in it, while I wuz 'way, an' she wuz a-waitin' on de poach. Dey sey dat wuz de fust time ole missis cry when she fin' de letter, an' dat she sut'n'y did cry over hit, pintedly.

"Well, seh, Miss Anne she walks right up de steps, mos' up to ole missis stan'in' dyah on de poach, an' jes' falls right down mos' to her, on her knees fust, an' den flat on her face right on de flo', ketchin' at ole missis' dress wid her two han's —so.

"Ole missis stood for 'bout a minit lookin' down at her, an' den she drapt down on de flo' by her, an' took her in bofe her arms.

"I couldn' see, I wuz cryin' so myse'f, an' ev'y-body wuz cryin'. But dey went in arfter a while in de parlor, an' shet de do'; an' I heahd 'em say, Miss Anne she tuk de coffin in her arms an' kissed it, an' kissed Marse Chan, an' call' 'im by his name, an' her darlin', an' ole missis lef' her cryin' in dyah tell some on 'em went in, an' found her done faint on de flo'.

"Judy she tell me she heah Miss Anne when she axed ole missis mout she wear mo'nin' fur 'im. I don' know how dat is; but when we buried 'im nex' day, she wuz de one whar walked arfter de coffin, holdin' ole marster, an' ole missis she walked next to 'em.

"Well, we buried Marse Chan dyah in de ole grabeyard, wid de fleg wrapped roun' 'im, an' he face lookin' like it did dat mawnin' down in de low groun's, wid de new sun shinin' on it so peace-ful.

"Miss Anne she nuver went home to stay arfter dat; she stay wid ole marster an' ole missis ez long ez dey lived. Dat warn' so mighty long, 'cause ole

marster he died dat Fall, when dey wuz fallerin' fur
wheat—I had jes' married den—an' ole missis she
warn' long behine him. We buried her by him next
summer. Miss Anne she went in de hospitals to-
reckly after ole missis died; an' jes b'fo' Richmond
fall she come home sick wid de fever. Yo' nuver
wud 'a' knowed her fur de same ole Miss Anne.
She wuz light ez a piece o' peth, an' so white, 'cep'
her eyes an' her sorrel hyah, an' she kep' on gittin'
whiter an' weaker. Judy she sut'n'y did nuss her
faithful. But she nuver got no betterment! De
fever an' Marse Chan's bein' kilt dataway hed done
strain her, an' she died jes' fo' de folks wuz sot
free.

"So we buried Miss Anne right by Marse Chan,
in a place whar ole missis hed tole us to leave, an'
dey's bofe on 'em sleep side by side over in de ole
grabeyard at home now.

"An' will yo' please tell me, marster? Dey tells
me dat de Bible sey dyah won' be marryin' nor givin'
in marriage in heaven, but I don' b'lieve it signifies
dat—does you?"

I gave him the comfort of my earnest belief in
some other interpretation, together with several
spare "eighteen-pences," as he called them, for

which he seemed humbly grateful. And as I rode
away I heard him calling across the fence to his wife,
who was standing in the door of a small whitewashed
cabin, near which we had been standing for some
time :

" Judy, have Marse Chan's dawg got home ? "